Invasione Z:
L'Ultima Battaglia per la Sopravvivenza del Pianeta

Aiden ziff

"L'unico giorno facile è stato ieri. SEAL DELLA
NAVIGAZIONE

Prefazione

In un batter d'occhio, la Terra è stata invasa da una razza aliena ostile con un piano diabolico. Hanno preso possesso di sei continenti e annientato le due superpotenze del mondo: Russia e Cina, in questione di settimane. L'unico continente al sicuro per ora è stato il continente americano, che per qualche motivo sconosciuto non è stato ancora attaccato. Gli Stati Uniti sono quelli che si schiereranno per l'umanità, per questo fanno un'alleanza con l'America Latina per dare l'ultima battaglia contro questa minaccia sconosciuta.

Il Team 6 dei SEALS (le migliori forze speciali del pianeta) entreranno in azione...

Indice

1

Anno 2030 - **popolazione mondiale**: 10 miliardi

Il terrore è arrivato sul nostro mondo. Metà del pianeta è stata invasa da una razza proveniente dalle stelle. Molti li chiamano alieni, altri extraterrestri. Il governo li chiama semplicemente invasori. Il pianeta è nel panico, impreparato a una cosa del genere... molti temono la fine.

Una colossale nave madre ha stabilito una base nel continente africano. L'intero pianeta è stato conquistato. Le uniche potenze mondiali rimaste non sono riuscite a resistere, solo il continente americano è rimasto libero dall'oppressione di questi esseri dalla morfologia scura, dall'aspetto spaventoso. Sono alti due metri e mezzo e hanno strani artigli allungati con teste ovali e occhi diabolici come il carbone, che seminano il terrore... La loro tecnologia, secondo gli esperti, è forse più avanzata di circa 200 anni rispetto a quella degli umani. In teoria siamo fortunati a non essere stati invasi da una razza più antica di milioni di anni.

Gli Stati Uniti hanno perso un milione di soldati nei combattimenti di due settimane fa. Hanno la tecnologia per disinnescare le bombe nucleari, quindi non c'è scelta. L'unico modo per affrontarli è la guerra convenzionale con armi da fuoco.

Dopo lo schianto, gli alieni sono rimasti passivi per diversi giorni fuori dal continente americano. Non si sa cosa stiano facendo... ma nemmeno l'unica potenza esistente sta perdendo tempo. Gli Stati Uniti hanno raccolto freneticamente altri

2

volontari per ripartire. Nonostante i conflitti precedenti, i governi del continente si sono segretamente alleati per la penultima difesa dell'umanità. Gli americani hanno radunato, in un tempo record di sette giorni, oltre un milione di truppe e si stanno dirigendo verso il continente africano, dove le decine di navi aliene che hanno attaccato il pianeta qualche settimana fa sono state apparentemente fermate. La Russia è stata sconfitta e il 99% della sua popolazione è morto, non è riuscita a contenere l'invasione. Il governo cinese è stato spazzato via in quattro giorni e il 99% della sua popolazione, e nello stesso modo metodico gli altri Paesi sono stati spazzati via da queste creature con una tecnologia leggermente più avanzata.

Poche settimane fa le forze statunitensi hanno condotto una guerra nel Golfo Persico, ma non hanno avuto la meglio e circa un milione di soldati sono stati spazzati via. Ora l'ultimo milione di milizie rimaste sta entrando in azione per affrontare questa minaccia. È l'unica speranza dell'umanità. Il Messico e tutti i Paesi dell'America Latina, così come il Brasile, stanno riunendo una forza colossale, nota come Alleanza Americana, con più di quattro milioni di soldati, che marciano a fianco delle forze statunitensi con le loro navi da guerra e portaerei. Il mondo sa che se quest'ultimo bastione non riesce a combattere con loro, non ci sarà nulla che possa fermarli.

Al mattino, il Presidente degli Stati Uniti Samuel Blade tiene un discorso continentale per dare sostegno morale alle sue forze armate e alla nazione. Non si conosce il motivo di questa invasione, se non il fatto che lasciano solo lo 0,1% della popolazione in ogni continente. Sanno bene che, se non saranno contenuti, il continente americano e l'ultimo bastione saranno conquistati. Gli unici lasciati negli Stati Uniti dal Segretario della

Difesa sono il gruppo 6 dei SEALS - il migliore del pianeta per la cura del Presidente e della sua famiglia, in Messico il F.E.R. e così via - le forze speciali di ogni Paese."

30 febbraio. La forza continentale americana diretta in Africa viene attaccata da forze aliene nel Baltico; la maggior parte dei 5 milioni di uomini viene spazzata via, così come tutti i sottomarini e le navi. Solo 50 elicotteri e aerei da combattimento riescono a raggiungere il confine tra Estonia e Russia e a far atterrare alcune centinaia di carri armati e fanteria. In quella battaglia, le forze statunitensi e un bastione di accompagnamento di 5.000 truppe cubane e venezuelane hanno affrontato queste creature delle stelle sulle montagne estoni... ma non hanno resistito a lungo e sono state sconfitte in circa quattro ore, quando il segnale per gli Stati Uniti è cessato. Pochi nemici sono caduti rispetto agli umani, a questo punto non c'è più speranza, sembra...".

Il Presidente degli Stati Uniti lancia un ultimo messaggio all'umanità: "Siamo caduti, non c'è altro da fare che obbedire al nostro istinto: fuggire o combattere. Le nostre forze sono state sconfitte, il nemico è sconosciuto e più forte di noi. Non c'è scampo, dobbiamo combattere. In questo Paese ci sono 300 milioni di anime, almeno ogni famiglia ha un fucile, combattete per i vostri figli, combattete per i vostri cari... Ripeto, le nostre forze armate sono cadute nel Mar Baltico e alcune sulle montagne dell'Estonia, il segnale è stato tagliato, non sappiamo quando le forze ostili verranno da noi, ma sappiamo che è imminente. L'America combatterà sempre fino alla fine... fratelli della terra, fratelli miei, combattete".

La maggior parte della terra viene consumata, le rapide navi di questi esseri controllano già quasi tutto il pianeta. Gli esseri dall'aspetto spaventoso e muscoloso scendono dalle loro navi per dare la caccia ai pochi sopravvissuti e portarli sulle loro navi... Il mistero del perché lascino lo 0,1% dei bambini di ogni continente è ancora sconosciuto.

Il Gruppo SEALS 6, la migliore forza speciale del pianeta, porta il presidente e la sua famiglia e alcuni membri dell'élite in una base segreta a Yellowstone. Alcuni milionari si recano nei loro bunker di emergenza.

A questo punto il denaro ha smesso di valere..., i negozi vengono saccheggiati, nelle strade regna il caos e l'anarchia. La legge cessa di esistere, la gente è isterica per paura di morire, la polizia si è disintegrata.

Il SEALS TEAM 6 è composto da 50 tra i migliori del pianeta. Hanno meno di 31 anni e sono esperti in tutti i tipi di combattimento, nel maneggio delle armi e persino nell'attivazione e disattivazione di armi nucleari. Il loro ufficiale comandante è **Will Michael,** il più grande soldato da combattimento nella storia dei SEALS. Ha partecipato a innumerevoli missioni segrete in Afghanistan, Iraq, Isis e altre, con un alto tasso di successo. La loro missione ora è quella di raggiungere al più presto l'Antartide e attivare la bomba neutrino-nucleare a energia negativa che gli Stati Uniti stavano segretamente sviluppando da anni. Poi, devono prendere un sottomarino e arrivare in Africa alla nave madre aliena che si trova da qualche parte in una giungla nigeriana.

2

Bunker di Yellowstone

Presidente Samuel Blade: Ragazzi, sulle vostre spalle c'è il futuro dell'umanità... la missione è chiara, se non ci riuscirete non ci sarà altra scelta che passare al piano B. Siete la nostra ultima speranza. Conosco le vostre capacità e i precedenti di questo gruppo: non hanno mai fallito, quindi abbiamo fiducia in voi.

Comandante Will Michael: Signor Presidente, per noi è un onore aver servito il nostro Paese, la nostra vita è davanti a noi, per la nazione è il nostro motto, quindi non esitate, combatteremo fino alla fine.

Il gruppo di sicurezza statunitense guidato da Mike Gigald ordinò solo a venticinque SEALS e a Will Michael di partire immediatamente per l'Antartide. L'altra metà di questo gruppo sarebbe rimasta indietro e sarebbe stata comandata dal decorato maggiore Arthur Glos e sarebbe partita immediatamente da Yellowstone. Lì si sarebbero riuniti con tutte le forze speciali di alcuni Paesi dell'America Latina che avevano inviato le loro ultime forze per sostenerli in quel momento, 1000 in tutto, e avrebbero simbolicamente dato battaglia al Pentagono di Washington come simbolo del potere umano.

Ore dopo - Washington D.C.

Arthur Glos: Signori, i nostri colleghi sono appena partiti per la missione più importante del mondo: raggiungere l'Antartide e andare in Africa. Noi, insieme alla coalizione di forze speciali di tutte le Americhe, combatteremo qui a Washington. Avete solo pochi minuti per salutare le vostre famiglie al telefono, poi dovremo disperderci... gli invasori saranno probabilmente qui tra poche ore, sappiamo che non vinceremo, ma vogliamo portare con noi quanti più figli di puttana possibile.

Migliaia di persone fuggono verso le montagne, i laghi e i mari. Il panico inizia a roderne l'anima e molti si uccidono in preda all'isteria per l'imminente distruzione.

Il SEALS TEAM 6 marcia a tutta velocità in cinque unità militari verso un complesso a due ore da Yellowstone nascosto tra le montagne, con l'obiettivo di prendere un aereo e volare subito in velocità verso la base sotterranea situata in Antartide, dove si trova l'ultima arma statunitense, che in teoria non era in grado di essere rilevata da queste creature perché dotata di una tecnologia innovativa, ma questo era il primo passo .... Il punto debole era che a quel punto la maggior parte dei satelliti sarebbe stata distrutta e non avrebbe funzionato, quindi il TEAM 6 avrebbe portato un piccolo satellite nel sottomarino fino alla giungla della Nigeria dove si trovava la colossale nave madre e avrebbe cercato di avvicinarsi il più possibile e di mettere in funzione il satellite per teleguidare la bomba di neutrini di energia negativa che si trova in Antartide, eliminando così lo standard di queste creature che è la loro nave d'origine.

3

A pochi chilometri dal raggiungimento del bunker la prima squadra. Ore 14:00 del pomeriggio
Tempo nuvoloso.

In questo momento, il convoglio militare sta sfrecciando su una strada sterrata, immersa in un terreno accidentato. Sono tutti vestiti di nero, con fucili e gilet tattici. Alcuni stanno chiacchierando nell'unità militare dove il maggiore Will è al comando.

Soldato Ben Aston: è una missione suicida amici miei, del tipo che amiamo..., almeno io ieri ho fatto l'amore con la mia ragazza, spero che tu abbia fatto lo stesso con la tua ragazza Jorge, perché non sentirai più il suo calore...

Soldato Jorge Martínez: Aha. Non dire cose assurde fratello, sai che abbiamo nervi d'acciaio, è per questo che siamo stati creati, ma sai una cosa? Non ho avuto nemmeno una possibilità, è questo che mi fa arrabbiare, ma....

Ora, ragazzi, non discutete di sciocchezze", disse uno dei suoi colleghi copiloti. Il caporale Anderson L.

-Vorrei avere una ragazza come te", disse il soldato Rayan Black, che era seduto sul sedile posteriore e masticava superbamente la sua gomma, "vorrei avere una ragazza come te".

Caporale Anderson: Non fare il viscido Rayan, ti faccio saltare il cervello se non stai zitto, non sono una puttana come quella che ti ha annoiato....

Ryan Black: È quello che dicono tutti, ma loro se lo mangiano.

-Tua madre Rayan", ha scherzato Jorge Martínez.

Caporale Anderson: grazie Jorge per aver zittito Rayan il pollo, ultimamente Rayan è diventato un idiota.

Rayan Black: Devo esserti piaciuto.

Caporale Anderson: Mi piaci, ah! Non farmi ridere.

Rayan Black: Beh, da quando faccio parte del TEAM 6 hai un carattere terribile. Sento che ho messo in moto i tuoi ormoni, noi alfa li provochiamo sempre...

-Fine della discussione ragazzi", **ordinò** Will, che era al volante e accelerava il fuoristrada a 180 km all'ora attraverso la foresta solitaria, sperando che quelle navi non uscissero dagli alberi, altrimenti sarebbe stato terribile.

Soldato Jack; Maggiore Will, siamo arrivati alla grotta, tutto libero, ma abbiamo brutte notizie. - Disse un subordinato via radio.

Cosa c'è, soldato? Parla...

Soldato Jack: Quelle cose sono appena arrivate in Brasile, e parte del Sud America è già sotto attacco... la comunicazione con il nostro informatore è stata persa pochi minuti fa, ma temo che si stiano muovendo, signore.

Will: Grazie, saremo lì tra cinque minuti, preparate tutto.

Rayan Black: stronzo, prenderemo la merda..., quelle cose stanno arrivando.

Jorge Martínez: puoi smetterla di cazzeggiare Rayan, non capisci che...

Rayan Black: Qualsiasi cosa dica il frocio, sei diventato proprio come quella puttana....

Will: Finalmente siamo arrivati ragazzi, mi ricevete? Sergente Mark, Sanders, Peter, sbrigatevi siamo arrivati.

La squadra dei SEALS arrivò al bunker nascosto nelle montagne del Wyoming. Il piccolo aereo militare era uno dei pochi superstiti del colossale armamento di cui gli Stati Uniti disponevano prima dell'invasione. Con questo mezzo ci sarebbero volute almeno alcune ore per raggiungere la punta meridionale dell'Antartide, dove si trovava il bunker, chiamato la caverna dello zucchero.

Soldato Jack: Comandante, stiamo facendo rifornimento, problemi logistici, sa....

Will: Non importa soldato, andiamo con gli altri che ci stanno aspettando. Ora voglio la vostra attenzione. -Disse, scendendo dal veicolo nel bunker, e tirò fuori un documento da una valigetta per leggerlo.

Rapporto sulla caverna di zucchero del bunker antartico
30 febbraio 2030, ore 15.00.

Progetto X

Posizione sud-orientale tra i monti Ribeo e Montain. Dimensioni: 1000 M2.

Sala prove neutrale per armi avanzate.

La missione è chiara, tutti i membri della squadra SEALS 6 vengono istruiti a indossare l'equipaggiamento di sicurezza per recarsi nel luogo in cui si trova la bomba. Non emette radiazioni, ma emette onde scure che disintegrano le cellule.

L'arma per i neutrini dell'energia oscura si trova al primo piano della sala di prova dei neutrini nucleari. Il codice di accesso è ***123benjamintrimp.***

La potenza distruttiva di quest'arma nucleare neutra è già stata testata in una missione segreta portata nel 2023 sul pianeta Marte, in particolare su una delle sue lune, e ha provocato un'esplosione che ha distrutto un diciottesimo della sua massa. La bomba che avete davanti è molto meno potente, ma in grado di eliminare un raggio di 50 km intorno ad essa. Vi avvertiamo che questa missione vi ucciderà al 99% una volta che l'ordigno avrà raggiunto la Nigeria. La bomba a matita viaggerà a velocità mozzafiato attraverso il mare fino a raggiungere la giungla nigeriana, dove dovrete reindirizzarla con il piccolo satellite, per poi farla esplodere con l'elemento attivo del neutrino scuro. Non ci sarà tempo per fuggire. Per attivarlo, dovrete solo inserire il codice **AWSFJUE867usa** e il tempo che intercorre tra l'inizio dell'attivazione e la sua posizione in Nigeria sarà di 80 ore.

Il suo presidente e amico Samuel Blade e il consiglio di sicurezza per salvaguardare la vita umana.

Avete sentito la cosa principale, ragazzi, il resto è protocollo. Sembra piuttosto triste, ma è il nostro lavoro. Molto probabilmente nessuno di noi tornerà indietro, ma ricordate che lo faremo per le nostre famiglie o per chiunque sopravviva a questo mondo una volta che avremo fatto saltare in aria la roccaforte principale di quelle bestie. Ricordate che le nostre famiglie sono nel bunker, quindi combattiamo ferocemente", disse il comandante Will, spezzando appena un sorriso di orgoglio e coraggio.

4

-Siamo con lei, comandante", gridarono tutti.

Comandante, l'aereo è pronto.

-Andiamo allora", ordinò Will.

Le navi aliene, color piombo e a forma di tartaruga, stanno devastando con voracità la Colombia, il Venezuela e alcune isole dei Caraibi. Migliaia di persone vengono imbarcate su altre navi con tubi allungati che le risucchiano dal terreno, in particolare giovani esemplari. Si sa per quale scopo. Il fatto è che finora nessuno ha una teoria nella comunità scientifica.

Ore 15.00: l'aereo T45IH vola a tutta velocità verso la regione sud-orientale dell'Antartide, come indicato dal GPS di un satellite ancora funzionante. Tutti tacciono, tranne Rayan e altri 3 o 4 che discutono come al solito.

Comandante, ha idea di cosa diavolo stiano cercando quelle cose là fuori?

Il comandante guardava avanti, ma ha risposto con - Non lo so, ma non è bello quello che sta arrivando, non mi piace che lascino solo lo 0,1% di sopravvissuti.

-Forse una fattoria umana... L'ho sentito dire su canali misteriosi come Vmgramisterio spagnolo o stupidaggini del genere", ha detto Rayan prendendo in giro Jorge per la sua origine spagnola.

-Può darsi", argomentò il soldato Ben.

Soldato Mark: Non lo so, ma quelle cose non sono belle, le hai viste capo?

Will annuì senza guardare il volto di Mark.

Uno dei soldati più feroci in combattimento e un veterano del TEAM 6 che raramente ha detto qualcosa, ha parlato.

Feder Raser: l'idea non è inverosimile, molto probabilmente serviremo da cibo per queste razze, ma in futuro.

- Di cosa stai parlando Raser? -disse Ben.

-Se avete notato, nessuno dei pochi video che sono stati catturati li mostra mentre divorano gli esseri umani. E la cosa più logica per una razza aliena è studiarci, sai, la questione degli agenti patogeni, dei virus, può essere controproducente anche per loro che non sono così tecnologicamente avanzati rispetto a noi. Dico questo perché le loro navi usano ancora un qualche tipo di carburante per il raggio che si lasciano dietro, anche se non stanno scandagliando..., e sanno cosa significa usare il carburante... che probabilmente provengono da un sistema solare vicino, non troppo lontano.

-Applausi per il cervello", ha detto Ryan a voce alta.

Will: È logico..." disse il comandante pensieroso.

Caporale Anderson: Ottima teoria Felder. Virus! In effetti, sono sicuro che è qualcosa di cui hanno paura. Dev'essere una specie che vaga per le stelle consumando razze, e quando arrivano in questo mondo pieno di vita vogliono lasciarci come allevamento, un sacco di carne. Ma la cosa prevedibile è che, se la tua teoria è vera, ci studieranno per primi, devono aver già sperimentato epidemie in precedenza, ecco perché non vogliono rischiare.

- Da quando siete diventati scienziati? - mormorò Rayan, sedendosi in fondo a dove erano seduti tutti.

Alcuni hanno fatto delle smorfie, altri hanno fatto finta di niente.

Arthur Glos: La squadra SEALS mi riceve.

Will: ti riceviamo forte e chiaro amico mio, qualche novità?

Arthur Glos: Non sono ancora arrivati qui, ma la maggior parte delle antenne radio sono state distrutte, ne sono rimaste solo alcune, e come sapete, sono in Messico..., e stanno annientando tutto.

-Va bene comandante, speriamo solo di mettere presto le chiappe sul ghiaccio e di concludere la faccenda....

Arthur Glos: Spero che non ci siano nuovi sviluppi e che tutto vada secondo i piani.

Will: Speriamo di sì, in quanto tempo si prevede l'arrivo di queste cose?

Arthur Glos; Non lo so, ma un gruppo di navi nere precedentemente sconosciute sono già entrate accompagnando quelle metalliche, e stanno uccidendo tutto ciò che si trova a sud-ovest del Messico, forse domani mattina arriveranno qui, non stanno usando bombe stanno usando qualcosa di peggiore comandante.

Will: Cosa stai usando?

Arthur Glos: Non ne sono sicuro, ma sono come degli ALIEN, non è quello che ha detto il nostro contatto.

Will: Alieni? Ma che dici, sono gli ALIENI.

Arthur Glos: Lo so, capo, ma queste cose sono orribili. Secondo le immagini e i video che ci hanno inviato qualche ora fa, si può vedere quanto sono veloci, oltre alla loro morfologia diabolica con denti appuntiti e carne nera, si muovono come piccoli dinosauri rapaci, con la differenza che questi sciamano, e li usano a decine di migliaia; distruggono tutto ciò che incontrano sul loro cammino.

Will: grazie per il suggerimento, ci metteremo in contatto se queste cose lo permetteranno, Comandante Arthur.

-Copiato.

5

La maggior parte del continente americano è stata spazzata via, centinaia di milioni di persone sono morte in appena 8 ore, non sono rimaste difese, solo la bassa California e parte del Chihuahua sono intatte, ma è solo questione di tempo prima che lo sciame di navi arrivi, e liberi gli sciami di bestie dall'universo e divori l'intera popolazione di quei luoghi, forse durante la notte.

La squadra SEAL è già arrivata in Antartide e si è paracadutata in un terreno inaccessibile, lasciando in volo il vecchio aereo senza pilota, per poi cadere in un lago e precipitare nelle profondità pochi minuti dopo. Si stanno dirigendo verso la grotta dello zucchero, a poche ore di distanza da un paesaggio pericoloso e pieno di gole, dove un passo falso potrebbe essere una caduta mortale.

Il comandante Arthur e la coalizione di forze speciali latinoamericane, con un totale di 1000 soldati, sono già dispiegati in diverse località strategiche di Washington. Sarà l'ultima resistenza.

Maggiore Arthur, pensa che ce la faranno?

- Quante volte il SEAL Team 6 ha fallito? Mai. È imperdonabile fallire, e anche se quelle cose sono fuori dal mondo, non saranno pulite. -rispose il comandante.

Soldato Kelsy: più fede, ragazzo... sei nei Seal per niente, hai dimenticato quando siamo stati mandati a salvare il Senatore A.D. nella prigione russa piena di Spetsnaz che si diceva fossero i migliori? beh, solo 15 di noi sono entrati lì e li hanno spazzati via tutti, e ne siamo usciti puliti... questo dimostra che la SQUADRA 6 è di un altro livello.

-Capisco. -disse il giovane soldato, Steve.

Arthur Glos: I soldati sono pronti, le comunicazioni sono già state interrotte dalla parte messicana, San Diego California sarà probabilmente attaccata stanotte. Purtroppo moriranno milioni di persone, non c'è niente che possiamo fare se non aspettare che quei figli di puttana si facciano vivi e scaricare le nostre calibro .50.

Con un lungo "Sì", gridarono in segno di giubilo il TEAM 6 numero 2, mentre si disperdevano ai loro posti e il soldato Kelsy e il comandante restavano a chiacchierare. Mentre in lontananza si sentivano alcune forze speciali latinoamericane che si incitavano a vicenda, parlando nelle loro lingue.

Soldato Kelsy: Comandate Arthur, almeno avete una moglie e due figli da lasciare se non....

Arthur Glos: Kelsy..., tu...

-Comandante, non capita tutti i giorni di incontrare l'amore e di dire sì, facciamo dei figli. Ho sempre amato questa cosa della guerra, ma questa è diversa... me ne andrò senza figli, cosa che non vedevo l'ora di avere tra circa 10 anni, quando avrò 35 anni, sai, avere un patrimonio e aver fatto parte di questa squadra.

-Ragazza, ho 35 anni e ti vedo come una figlia, abbracciami! Ne uscirai e verrò al tuo matrimonio.

-Sappiamo, comandante, che non si potrà tornare indietro.

-Vieni, lascia che ti abbracci", disse mentre la stringeva forte e la tranquillizzava. -Ti prometto che non se ne andranno intatti, credimi, non hanno mai affrontato la forza d'élite più efficiente del pianeta.

In Antartide, la Squadra 6 è arrivata con un po' di ritardo, ma al sicuro alle porte del bunker che è mimetizzato come parte naturale della neve sulla montagna. Il paesaggio è inospitale, fa un freddo cane, ma almeno per il momento sono fortunati che quelle cose non si siano ancora alzate in cielo.

Caporale Anderson: Sa se ci sono ancora scienziati che lavorano lì dentro, signore?

Will: sono vuote da un paio di settimane...

Jorge Martínez: Apriamo questo cancello, mi dispero nel vedere questo paesaggio senza alberi. È deprimente, ho la sensazione che ci stiano spiando da lontano. Sbrigati Rayan! Vedo che hai già perso un po' di talento nell'hackerare quell'accesso.

Rayan: aspetta, non fare lo stronzo, non vedi che è criptato..., si sta aprendo. Spero che non esca un po' di ALIENS come benvenuto perché gli faccio saltare le cervella.

Will: Puoi chiudere quella cazzo di bocca, Rayan", ordinò il comandante, al quale il soldato si adeguò rispettosamente.

-Ascolta, niente giochi all'interno, capito?

-Capito, signore. -Risposero tutti.

Will: ci dividiamo, Anderson e compagnia vengono con me, Rayan, Jorge John e altri 5, vanno a cercare il piccolo sottomarino dove andremo in Nigeria, sbrigatevi, andiamo!

-Rayan: non dimenticate di chiudere l'ingresso.

Ci vollero circa venticinque minuti per raggiungere il primo piano del bunker. In fondo ad alcune scale metalliche c'era la sezione in cui si trovava la bomba neutronucleare oscura. Dall'altra parte, il secondo gruppo trovò un piccolo sottomarino pronto a partire, un nuovo prototipo, ma più veloce di molti altri e teoricamente non rilevabile.

Caporale Anderson; che diavolo! comandante Cos'è questa cosa?

Will: non sembra una bomba, sembra qualcosa di fuori dal mondo, fin dal design.

Felder: Per quanto ne sappiamo, non c'è mai stato alcun contatto extraterrestre, altrimenti non l'avrebbero detto. La maggior parte delle speculazioni di allora riguardava la tecnologia delle potenze di allora, ma questa cosa è strana, una forma di... matita con luci pulsanti intorno.

Will: il rapporto non dice nulla sulla sua fabbricazione e non cita immagini. Quello che dice è che è molto raro.

Weterson: Sembra uscito da un film, comandante.

Will: OK squadra, non abbiamo tempo per le ipotesi, crederò che questa cosa sia stata costruita dall'America. Mi sembra una tecnologia strana, ma siamo qui per attivarla, non per creare teorie. Non ho ancora capito come farà a volare questa cosa, non ha senso, una bomba a forma di matita con una stella all'estremità non ha senso, ma d'altronde non siamo ingegneri.

Felder: Sono d'accordo...

Will: Mi copi Rayan, dimmi la chiave di attivazione.

Rayan: copiato. **AWSFJUE867usa.**

Will: Grazie. Jorge, mi ricevi, hai già localizzato il sottomarino?

Jorge Martínez: affermativo signore, la stiamo aspettando...

Will: Ricevuto, ora andiamo....

Avete sentito ragazzi, muovete il culo, a 500 metri c'è il sottomarino, muovetevi.

La città di Washington sembra vuota e senza caos nelle strade, a differenza di alcune città della costa occidentale. Dove il 50% della popolazione è fuggito nelle foreste o in altre contee. Solo il 50% è rimasto nelle proprie case. In tutta la città sono rimasti uomini armati, che faranno la guerra in base alle loro azioni. Le forze speciali dei SEALS e compagnia sono nel centro della capitale, hanno tutti i tipi di armi anti-armatura, mortai e lanciarazzi, daranno tutto quando vedranno arrivare queste cose.

Da qualche parte a Washington

Sergente Angela: Signore, a cosa sta pensando, perché è qui da solo?

Arthur Glos: Niente, sto aspettando un segnale radio, ma niente. Molto probabilmente stanno attaccando San Diego o Los Angeles. Alla radio hanno avvertito dell'arrivo di navi, ma qualcosa ha distrutto le antenne radio e non ho sentito più nulla.

Sergente Angela: Non vedo mai la paura nei suoi occhi comandante, vorrei essere come lei.

Arthur Glos: ricordate che tutti proviamo paura, ma ognuno la manifesta in modo diverso. La paura è necessaria, non dimenticarlo. Sembri stanco, vai a dormire, è un po' tardi.

Sergente Angela: Mi fido della sua parola, signore, ho bisogno di energia, anche lei si riposi un po'.

Arthur Glos: Allora vai.

6

Bunker antartico Ore 22:00 Mare Atlantico diretto verso le coste della Nigeria

Rayan Black: Dannazione, sono così incasinato, e pensare che quest'estate avrei visitato qualche bordello in Giappone...

Soldato Mike Brown: Non cambi mai, fratello, e ti piacciono le ragazze giapponesi o perché ci vai? Non ci sono bei culi qui in America o è un feticismo morboso?

Rayan Black: Ho una fissazione per il colore della pelle e le loro cose private, mi fanno impazzire. Inoltre, ho sentito dire che laggiù c'è meno gonorrea", disse, lanciando un'occhiata al caporale Anderson, che era seduto di fronte a lui; lei sembrò infastidita e rispose con rabbia.

Caporale Anderson: togliete i vostri dannati occhi dal mio malato..., capo, gli spezzo l'....

Will: Smettetela, sembrate dei bambini. Non vedete che stiamo per partire per la missione più importante della storia e voi siete come cani e gatti che litigano. Se avete qualcosa da dire, fate a pugni adesso e smettetela di litigare continuamente...

Caporale Anderson: "Per me non c'è problema, facciamolo", disse, togliendosi il gilet tattico e lasciando il fucile M4 sul sedile.

Rayan rimase in silenzio, ma Will gli diede l'ordine di accettare.

Will: Dai Rayan, da come parli, fagli vedere di che pasta sei fatto. Dammi due minuti di combattimento all'ultimo sangue, metti giù le armi e fai vedere di cosa sei capace, e smettila con queste stronzate che vi state tirando addosso.

Due minuti dopo Rayan, uno dei migliori cecchini del mondo e un militare molto capace, era steso a terra umiliato da una bellissima donna di 24 anni, una delle migliori del SEAL Team 6. Ai lati del sottomarino sedeva il resto della squadra che osservava stupita.

Jorge Martínez: Dai, stringigli la mano Rayan, mi aspetto che ti comporti bene dopo che una signora ti ha fatto il culo.

Vaffanculo, Jorge, ti infilo la mia pistola su per il culo! - disse e se ne andò con un altro atteggiamento furioso, con qualche livido sugli zigomi, ma niente di grave per un tipo così duro.

- Comandante, ci stiamo avvicinando alla costa nigeriana", ha avvertito il soldato Peter, che guidava il sottomarino alla massima potenza, dalla cabina di pilotaggio.

Washington D.C., ore 13. Le circa 1.000 forze speciali che accompagnano i SEALS fanno i turni di guardia notturna. Ci sono le F.E.R. del Messico, le KAIBILES del Guatemala, le AFEUR della Colombia, le BOPE del Brasile e molte altre.

La forza aliena, composta da centinaia di navi in rapido movimento, è già nei cieli del Texas e dell'Oklahoma e sta per arrivare. Uno sciame gigantesco segue da vicino le navi; è una piaga di bestie voraci, qualcosa di insolito, che mangiano tutto. Le loro zanne e i loro musi sono terrificanti, ci vogliono almeno due proiettili calibro 50 per fermare uno di questi esseri che pesa circa 150-200 chili e possiede una tripla pelle simile a quella di un coccodrillo, ma di consistenza e colore diversi. Le menti aliene che controllano le navi non scendono più, ma lanciano dall'alto sfere piene di una specie di schegge laviche che si conficcano nella carne delle persone uccidendole nel modo peggiore. Inoltre, rilasciano un tipo di tossina che inizia a paralizzare gli esseri umani, i quali diventano facili prede di queste creature dal nome **Styles**. Nessuno avrebbe mai creduto che il mondo sarebbe arrivato a questo. Si stima che un totale di 5.000 milionari e alti funzionari governativi si siano rifugiati nei loro bunker in tutto il pianeta per sopravvivere a questa apocalisse.

Banco di sicurezza del bunker di Yellowstone. 6 del mattino del 2 marzo.

Consigliere Albert R: Signor Presidente, è arrivato l'ultimo messaggio. Dopo questo non ce ne saranno altri; tutto è crollato, stanno per raggiungere l'ultimo bastione delle forze speciali a Washington DC. Non sappiamo quando non ci troveranno qui in California. A quest'ora quelle navi esterne devono essere lassù a cercare ogni traccia di vita intelligente da spazzare via.

Presidente Samuel Blade: Capisco. Ricordo ancora quando la NASA avvertì di un colossale sciame alieno diretto verso la Terra il 12 gennaio 2030, e tutti pensavano che si trattasse solo di asteroidi... Chiesi al Senato di inviare una sonda per escludere qualsiasi cosa intelligente che potesse essere pericolosa, ma ricevetti solo 5 voti e non mi fu permesso di inviare nulla.

Consigliere Albert: Lo so, è stato un errore brutale da parte loro. Due settimane fa ci siamo resi conto che si trattava di qualcosa che non avevamo previsto: vita intelligente, e stavano venendo verso di noi, ma era troppo tardi per sferrare un attacco.

Consigliere McMillan: Sono arrivati il 15 febbraio, nelle profondità della boscaglia nigeriana. Sono stati inviati rapidamente dei caccia di ultima generazione per una ricognizione, ma non sono mai tornati... È stato allora che abbiamo capito dal Mayday che erano ostili.

Presidente Samuel Blade: Credo che vivremo di ricordi solo se la SQUADRA SEALS 6 non avrà successo nella missione. A questo punto, se tutto va bene, probabilmente sono già arrivati.

Consigliere capo Lucas: Esatto, sono d'accordo con lei.

Consigliere Albert: è una razza molto potente, signore, il governo della Nigeria in 6 ore è stato spazzato via così come la sua popolazione, ed è stato allora che i maggiori potenziali si sono allarmati. La Russia ha tentato un attacco nucleare su larga scala, e a quel punto ci siamo tutti spaventati; quelle cose erano in grado di disinnescare gli attacchi nucleari con una tecnologia sconosciuta. Così la Russia lanciò il più potente attacco militare di sempre e lo fece insieme alla Cina, ma sfortunatamente circa 5.000 navi aliene le fecero a pezzi nel Mar Indiano, dirette in Africa.

Gli Stati Uniti, vedendo che in 5 giorni tutte le forze delle potenze mondiali erano state spazzate via, cercarono di fare la pace, ma queste creature non ci provarono nemmeno, ci attaccarono. Fu allora che lanciammo la prima operazione di 1 milione e 300 mila soldati, ma i nostri uomini furono spazzati via nel Mar Baltico, e allora decidemmo di lanciare l'ultima, e il resto è storia.

Presidente Samuel Blade. Mi sono chiesto, e sembra che non lo sapremo mai, perché queste cose sono arrivate nel nostro mondo? È vero quello che hanno detto i teorici della cospirazione? Sono venuti a colonizzarci, ecco perché sembra che in alcune zone stiano lasciando i resti dei bambini, ma perché? La seconda cosa di annientare la maggioranza è puro sadismo, di questo sono sicuro.

Consigliere capo Lucas: è strano il loro comportamento, forse non lo scopriremo mai, possiamo solo dedurlo, ma il fatto è che hanno ormai eliminato il 90% dell'umanità, e ora si stanno dirigendo verso la parte rimanente della nostra nazione; per finire il loro lavoro.

A un certo punto della conversazione tra alcuni membri dell'élite di quella che un tempo era la nazione più potente del mondo, accadde qualcosa di inaspettato.

Il presidente Samuel Blade: si è dimesso", ha detto il presidente con voce decisa.

- Che cosa ha detto, signore? - chiesero in coro tutti i consiglieri.

-Ho detto che mi dimetto, non c'è più motivo di essere presidente, si è dimesso. Anche se la missione dei nostri ragazzi avesse successo, il mondo non avrà bisogno di presidenti, ma solo di sopravvivere. Quanti anni ci sono di cibo qui dentro? 5 o 10 anni, apprezzo la vita di tutti, non voglio essere rinchiuso qui, è meglio dare il mio posto a tutta la famiglia SEALS che è qui. In questo piccolo luogo di non più di 2.000 m2.

Samuel Blade: come presidente dell'ultimo minuto ha ordinato ai 200 servizi segreti ancora con me di accompagnarmi, tu resterai al comando e farai la cosa più prudente, amico mio.

Dopo queste parole il Presidente Samuel Blade e un gruppo di 200 servizi segreti armati di fucili m16 uscirono da qualche parte a Yellowstone per affrontare gli ALIENI, ma con grande sorpresa non trovarono nulla, solo distruzione e caos. C'erano solo cadaveri carbonizzati e maciullati, scheletri freschi e alcune navi abbattute, ma non c'era traccia dell'offensiva aliena.

7

Washington D.C. 10 del mattino prima della battaglia, formazione dei SEALS e del resto delle forze speciali latinoamericane.

Will: formazione. Stanno arrivando, tutti ai vostri posti, saranno qui in pochi minuti. - ha gridato. -Non c'è bisogno di avere paura, ragazzi. Combattete come se foste dei bambini, non abbiate paura, c'è il paradiso che ci aspetta..., sapete, non solo le navi aliene arrivano distruggendo tutto ciò che incontrano, ma sotto le navi rilasciano migliaia e migliaia di piccole bestie divoratrici, quindi ci sarà da divertirsi ragazzi. Metà verso gli edifici e metà con me, preparate i lanciarazzi e i piccoli missili, state per assaggiare il potere... voi forze speciali latinoamericane, grazie! Diamo loro un po' della furia umana. -disse a voce alta.

Dopo le parole del comandante Arthur Glos, la squadra fu divisa in squadre, una in cima a un edificio, e con Arthur; Steve, Kelsy, Angela e altri giù nelle auto militari. Nella stessa direzione, in altri viali, si erano già costituite le forze speciali di tutti i paesi dell'America Latina. Ormai hanno già eliminato tutte le persone in tutte le contee e le navi scure più piccole si stanno dirigendo verso Washington e sono centinaia. Le navi color piombo, a forma di guscio di tartaruga, sono quelle che distruggono i raccolti e le foreste con il fuoco, e da esse scendono queste bestie a milioni, divorando intere città in poche ore.

Nel continente africano, il TEAM 6 è già sbarcato nel Golfo di Guinea. E sono già nelle profondità delle montagne del Camerun... ci vorranno alcune ore per addentrarsi nella giungla nigeriana senza essere visti. Tutto sembra desolato, centinaia e centinaia di città camerunensi devastate dalle bestie o da quella sorta di creature delle stelle che hanno portato quegli alieni che ora vagano nei cieli di gran parte del pianeta. La Cina, colosso dello spazio, ha un aspetto funereo, i suoi 2 miliardi di abitanti sono morti. L'orgogliosa e inespugnabile Russia, con tutto il suo arsenale nucleare, è stata cancellata dalla faccia della terra, così come la maggior parte dei Paesi potenti e le loro intere popolazioni. Finora, la mattina del 2 marzo, almeno 9,5 miliardi di persone sono state annientate in un apocalittico Armageddon, e ora mancano pochi minuti per raggiungere l'unico punto della terra che la macchina distruttiva non ha ancora raggiunto: Washington D.C. Inoltre, circa 3 Stati vicini sono stati presi dal panico e stanno iniziando a fuggire nelle foreste per raggiungere Seattle e le zone ghiacciate del Canada, ma invano... queste creature che divorano tutto ciò che è a terra e le navi in volo non danno tregua, sarà inutile; il Canada viene divorato proprio ora; il Quebec sta resistendo, ma non per molto, sono milioni di bestie selvagge liberate da queste navi per cacciare le loro prede: gli umani.

I SEALS e le forze speciali sono pronti a dare l'ultima forza umana nella simbolica ultima battaglia per l'umanità, alcuni dei SEALS cantano la canzone "we are the champions" dei Queen. Le F.ER messicane cantano "cielito lindo", e così gioiscono dei loro ultimi minuti di vita mentre entrano in azione contro l'invasione aliena. Le loro famiglie, i loro cari sono gli ultimi ricordi che avranno. Non c'è molto a cui pensare quando si sta per entrare nella linea della morte.

Ore 12. Le navi oscure si fanno strada a Washington, ci sono migliaia di uomini che sparano in tutta la città a cose che si muovono troppo velocemente a terra e in aria. I calibri 50 scuotono le strade con la loro potenza e il fuoco divorante delle navi ALIENS cade dal cielo illuminando intere strade. Non danno tregua, sono efficienti e voraci... l'esperienza nel distruggere la vita sui mondi è evidente. Pochi minuti dopo entrano le navi grigie e dal cielo fanno cadere cose come uova giganti e da esse escono migliaia e migliaia di creature più grandi di una tigre, ma molto più veloci e terrificanti, con la pelle scura e strani occhi verdi e rossi, che divorano tutti i cervelli, nemmeno una raffica di calibro 223 può fermarne una, ci vuole una calibro 50 dritta alla testa. A poco a poco divorano, distruggono tutto, con l'aiuto delle navi sovrastanti che sparano fulmini elettrici e schegge di budella. L'obiettivo è chiaramente quello di spazzare via tutto, qui non lasciano apparentemente nulla di vivo... Il loro attacco è feroce, sciami di diversi tipi di cose si muovono molto velocemente. Si tratta chiaramente di creature feroci catturate da galassie lontane, forse da questi esseri per devastare mondi a causa della loro bestialità".

Johnny: quella canzone è bella Jorge, noi siamo i campioni noi siamo la la la la la la, anche se a dire la verità preferisco morire combattendo con la canzone dei Queen, quella di Bohemian Rhapsody è un gioiello.

Soldier Steve: mia madre mi cantava questa canzone quando ero bambino, ecco perché amo il rock e odio la merda Regueton.

Kelsy: Stanno arrivando ragazzi....

Arthur Glos: Ragazzi, facciamo vedere a queste cose che sbattono contro un muro, penso che sia una bella giornata per...

Kelsy: no comandante, non lo dica... Compagni, è stato un piacere aver fatto tante esperienze e missioni insieme. Grazie a tutti voi. Sarà bello combattere fino alla fine con i compagni..., e tu Angela, so che non è stato molto di tuo gradimento, dai! Dammi una mano! Non fare la femminuccia, - disse Kelsy facendo stringere la mano all'orgogliosa Angela.

Soldati F.E.R.: ecco che arrivano. -Hanno gridato a gran voce dal ciglio di una strada.

2 marzo 2030. La macchina dell'invasione ha raggiunto il centro di Washington. Ha travolto tutto ciò che si trovava sul suo cammino, nulla l'ha fermata, le bestie non sembrano indietreggiare per nulla, anche se ci sono navi aliene che sono cadute, il danno che hanno ricevuto è minimo, alcuni dicono 10 abbattute, ma non è nulla rispetto alle centinaia che stanno avanzando nelle vicinanze. Il gruppo di forze speciali di 1000 persone ha resistito più a lungo di chiunque altro finora, combattendo e impedendo l'avanzata delle bestie e delle navi a volte, e abbattendo circa 5 navi in un solo attacco grazie al potente fuoco missilistico che i SEALS e le forze speciali argentine hanno sparato e hanno dimostrato il loro coraggio in combattimento. Le forze speciali peruviane hanno impressionato nei combattimenti a terra con queste creature, dando a volte un po' di respiro alla difesa.

Arthur Glos: fuoco, non fermarti, (grida) -Johnny spara il missile alle navi sopra, a quelle in arrivo, sbrigati!

Sono state circa 6 ore intense di attacchi ostili, purtroppo tutti sono stati eliminati tranne 5 dei sei membri della SQUADRA che giacciono nell'oscurità sotto le macerie degli edifici crollati. Alcune delle bestie rimaste stanno ancora divorando cadaveri gravemente feriti.

Comandante, sta bene?

Arthur Glos: cazzo. Pensavo di essere morto e di essere arrivato all'inferno nel buio più assoluto. Oh, dannazione! Hai visto? Abbiamo combattuto, ma quelle dannate navi... Sei tu Johnny?

Johnny: Sì, signore, credo di essermi fottuto il gomito, a quanto pare sono più basso di voi.

Arthur Glos: resta lì, cercheremo di uscire.

Angela: Siamo qui anche noi comandanti, io e Steve, purtroppo credo che tutti gli altri siano morti, quando la nave ha lanciato quella cosa contro l'edificio e l'ha fatto crollare.

Arthur Glos: Sono contento ragazzi, dobbiamo solo cercare di uscire da qui, anche se là fuori si sentono ancora quei maledetti mostri e probabilmente stanno annusando i cadaveri giù in basso, di sicuro vogliono mangiarci. Il nostro unico vantaggio è che le navi stanno avanzando... purtroppo nelle prossime 15 ore sarà tutto finito; circa 90 milioni di persone moriranno e saranno le ultime sulla terra.

Non si preoccupi, comandante.

Arthur Glos: Johnny ti lancio la torcia.

Johnny: Grazie, sarà di grande aiuto.

Otto ore dopo, con grande sforzo e manovre estenuanti, sono riusciti a uscire dalle macerie dell'edificio precedentemente demolito e, grazie al fatto che era caduto sopra un altro edificio, non sono morti.

Soldato Steve: Merda, hanno distrutto tutto, capo.

Arthur Glos: non c'è tempo per i sentimentalismi. Tenete pronte le armi, potrebbero essercene altre là fuori. Vedo che nessuno dei nostri compagni è rimasto vivo, persino le ossa sono state mangiate. - disse il comandante guardandosi intorno.

Kelsy: Cosa faremo adesso, signore, hanno spazzato via tutto", disse la ragazza guardandosi intorno a bocca aperta.

Arthur Glos: Per la prima volta non so cosa rispondere, ma almeno siamo vivi. Per ora andiamo su uno di quegli edifici ancora in piedi. Ci sono prove che hanno fatto fuori tutto, ma... forza, muovetevi! Più tardi decideremo cosa fare... per ora dobbiamo solo sopravvivere alla notte.

Angela: Il capo ha ragione, credo che per ora sia bene essere vivi, muoviamoci meglio.

Soldato Steve: Porterò con me queste armi e i caricatori", disse il soldato mentre raccoglieva alcuni fucili ak-47 a terra e li gettava rapidamente in una borsa.

Purtroppo questa razza malvagia non ha gradito il fatto di aver fatto abbastanza vittime sulle navi, così ore dopo ha sganciato una bomba bosonica così potente da cancellare tutta Washington dalla faccia della terra, distruggendo così gli unici sopravvissuti della SQUADRA 6 in quel luogo.

8

Nel profondo della giungla nigeriana
ore 1.00.

Il comando del TEAM 6 è arrivato sano e salvo con il piccolo satellite al seguito. L'unica cosa che resta da fare è raggiungere l'enorme nave, probabilmente a 30 km nell'entroterra. Sono stanchi, quindi dormiranno lì quella notte nel sottobosco. La missione è andata alla perfezione, non hanno ancora incontrato quelle bestie, il che è strano perché nessuno sorveglia la nave madre a quella distanza, hanno solo visto quelle navi veloci sparire all'orizzonte. Domani sarà sicuramente tutto finito se riusciranno a superare i circa 30 km che li separano dal loro obiettivo. Tutto esploderà a una distanza di 50 km, quindi molto probabilmente saranno tutti morti. Dall'Antartide alla Nigeria la bomba farà al massimo 10 minuti, quindi non avranno il tempo di scappare.

3 marzo ore 9.00

Will: beh, ci restano solo gli ultimi 5 km ragazzi, l'ordine è di avvicinarci a 500 metri, beh sapevamo che saremmo morti tutti accettando una missione del genere, ma no. Voi andate, io vado e basta, forza! Per favore, giratevi e scappate... la missione è quasi completata.

Certo che no, comandante, fino alla morte con te. -dissero tutti.

Will: Vai avanti Anderson, sei una ragazza giovane, hai ancora molta strada da fare.

Anderson, tutto il percorso con te Will.

Rayan: Con lei fino in fondo, signore.

Jorge: Lo stesso per me

Felder: Anch'io.

Il resto dei SEALS gridò: "Con lei, signore".

Will: Se hanno deciso così, rispetto la loro decisione, quindi andiamo avanti.

Alle 11 del mattino. Arrivarono a 500 metri di distanza dal colossale velivolo alieno che era sospeso su centinaia di alberi a soli 10 metri dal suolo. Era grande come un villaggio, forse poteva contenere decine di portaerei. Centinaia di queste navi entravano e uscivano da essa... dai portelli si potevano vedere queste esili creature dall'aspetto diabolico, ma sicuramente con un intelletto superiore a quello degli umani, ma dalle loro azioni anche molto crudeli e ostili. Si vedevano anche esseri umani trasportati in capsule trasparenti collegate a qualcosa che assomigliava a una specie di tubo di carne pulsante. Almeno 100 di loro sono passati in questo modo. In teoria non c'era sorveglianza, non c'erano creature in giro. C'erano solo scorci di un'impressionante ingegneria incisa nel materiale della nave madre nera.

Will: ragazzi ce l'abbiamo fatta, ho appena attivato la triangolazione, la bomba sarà qui tra 10 minuti e più. Se è vero quello che ci hanno detto, nulla sopravviverà nel raggio di 50 km, l'esplosione sarà così potente da provocare tsunami, anche correre non servirà a nulla, non potremmo mai percorrere 50 km in 10 minuti -.

Alcuni si sedettero su alcune pietre rassegnati a morire in pochi minuti, Will uscì all'aperto e Anderson lo seguì fuori dal resto.

Anderson: Ora, per la prima volta ti ho guardato negli occhi e voglio dirti grazie, per essere stato il mio amore platonico per tutto questo tempo, non dire nulla signore, solo grazie. -Anderson confessò un po' timidamente. Lui deglutì e non disse nulla, poi senza parlarsi si voltarono e tornarono al gruppo.

Felder: Se dobbiamo morire qui, perché non comandare...?

Will: Che ne dite, signori, volete divertirvi per gli ultimi dieci minuti prima che questa merda si scateni.

TEAM SEAL: Balliamo il jazz - gridarono tutti.

La squadra di 50 membri delle forze speciali, schierata intorno alla colossale nave, sapeva che non avrebbe ottenuto nulla, anzi era decisa a fare uno scontro frontale rassegnata a morire, sapendo che non avrebbe perso nulla perché in quel momento una bomba a forma di matita di energia oscura neutri-nucleare si stava dirigendo a una velocità incredibile con una potenza colossale migliaia di volte più potente della bomba dello Zar. Se ne accorsero e inviarono delle navi da combattimento. Furono pochi minuti frenetici nella giungla... a poco a poco cadevano..., i SEALS uno ad uno diedero la vita per il pianeta, ma non prima di aver eliminato più di 12 navi nemiche.

Will e Anderson stavano fuggendo senza armi anche se sapevano che non c'era scampo, ma l'istinto di sopravvivenza li spingeva a correre e a non mollare. Pochi secondi dopo, una nave che li stava inseguendo perse la rotta e si schiantò contro gli alberi; da quella piccola nave di colore scuro uscirono tre esseri diabolici dall'aspetto spaventoso. Anderson e Will si sdraiarono dietro alcuni cespugli mentre questi esseri guardavano la nave e cercavano di ripararla. Passarono 3 minuti prima dell'esplosione e Will ebbe un'idea.

Signore, senta...

Will: Non è rimasto quasi nulla, esploderemo qui, è inutile nascondersi, dammi la pistola.

Anderson: Ma cosa farete?

Will: Non mi interessa se proviamo qualsiasi cosa, presto quella cosa cadrà dal cielo e... sai che ho un'idea.

Anderson: Di cosa stai parlando?

Will: Farò saltare le cervella a quelle cose e ce ne andremo da qui con quella nave, vedi, l'hanno già riaccesa ed è proprio quello che volevo.

Anderson: ma no...

Will: non importa se muori in un'esplosione o in una nave fuori controllo, tesoro.

Hai detto miele? -.

9

Pochi secondi dopo Will sparò i 15 proiettili sulle teste di quelle cose di forma umanoide, ma antropomorfa, qualcosa di strano. Caddero, anche se si muovevano ancora, forse non sarebbero morti perché i loro crani potevano rigenerarsi, era qualcosa di impressionante. Saliti rapidamente a bordo della nave, i due umani disperati, con soli due minuti a disposizione, hanno distrutto comandi dall'aspetto strano mentre cercavano di accenderla, finché Will non ne ha toccato uno in cima come un ingranaggio, e la nave ha cominciato a salire in una direzione incerta, ma a una velocità sorprendente.

Nel giro di dieci minuti, la bomba neutronucleare è esplosa come previsto, provocando un'esplosione apocalittica e polverizzando un raggio superiore al previsto di 100 km, causando un mega tsunami che ha cancellato la Nigeria dalla mappa e la maggior parte dei Paesi del continente sono finiti sott'acqua.

Will e Anderson sono atterrati da qualche parte nella giungla amazzonica, sani e salvi. La razza invasore, dopo aver visto la propria nave madre distrutta, ha lentamente abbandonato il pianeta per paura di qualcosa di più potente di loro. Senza una nave madre temevano e se ne andarono, salvando le bestie selvagge delle stelle senza ragione erano ancora sul suolo terrestre, ma sarebbe stato più facile per la razza umana emergere lentamente. Will e Anderson ebbero due gemelli e come meglio poterono sopravvissero su Amazzonia. Sebbene il 99,9% della razza sia stato spazzato via, si prevede che ci siano ancora circa 3 milioni di abitanti sparsi per il pianeta, poiché c'è ancora una feroce lotta per la sopravvivenza con quelle bestie delle stelle che vagano in grandi mandrie mangiando ogni forma di vita terrestre. Ma per ora il pianeta è salvo grazie a un gruppo di soldati che ha rischiato la vita: il TEAM 6 delle forze speciali statunitensi.

Tradotto e scritto dal Comandante: Will Michael.

Fine

Contenuto bonus

L'arrivo degli stranieri

Capitolo 1: L'arrivo degli esseri maledetti

Il cielo notturno era limpido e le stelle brillavano luminose. Era una notte tranquilla nel mondo finché non accadde qualcosa di strano. Una pioggia di meteoriti ha illuminato il cielo e ha colpito la Terra, provocando un potente terremoto sulla Terra. La gente si è spaventata ed è corsa in tutte le direzioni per proteggersi.

Ma nessuno sapeva che queste meteore erano tutt'altro che ordinarie. Ed è che c'era un'astronave con alieni malvagi a bordo. Un'entità sconosciuta all'umanità stava cercando di conquistare la Terra e costringere l'umanità a seguire la sua volontà e ad adorarla.

La Russia è stata il primo paese a notare l'arrivo degli esseri maledetti. Le sue forze speciali, note come Cobra Commandos, erano pronte ad affrontare la minaccia. Il capo della squadra delle forze speciali statunitensi, il maggiore generale John Riker, ha ricevuto la notizia e si è unito allo sforzo russo per contrastare l'invasione, nonostante in passato fosse stato una nazione nemica.

Navi aliene erano sbarcate in diverse parti del mondo, da cui erano emersi esseri maledetti, dalla morfologia e dall'aspetto infami. Avevano un aspetto terrificante, con la pelle nera e squamosa e denti affilati come rasoi. Nel giro di poche ore, la loro presenza ha iniziato a seminare il caos e la distruzione nelle città di tutto il mondo.

Gli eserciti nazionali combatterono valorosamente contro gli esseri maledetti, ma furono presto sopraffatti dalla superiorità tecnologica degli alieni. Solo le forze speciali russe e americane sembrano essere state in grado di tenere la linea.

Ed è allora che il generale Riker e la sua squadra delle forze speciali statunitensi vengono inviati in una città americana invasa da esseri maledetti. La città era in rovina e la gente fuggiva in tutte le direzioni. Gli edifici erano in fiamme e gli alieni erano ovunque.

Le forze speciali russe Cobra si unirono alla squadra del generale Riker mentre marciavano per le strade della città, combattendo esseri maledetti dietro ogni angolo. La battaglia sembrava non finire mai, ma le forze speciali erano determinate a combattere fino alla fine e salvare l'umanità dall'invasione aliena.

È iniziata un'invasione di esseri maledetti e il destino dell'umanità è in bilico. Gli Stati Uniti e la Russia riusciranno a salvare l'umanità?

Capitolo 2: L'alleanza delle forze speciali

Il Team Cobra e la squadra del Generale Liker hanno continuato ad avanzare attraverso la città, combattendo le creature maledette per tutto il tempo. Man mano che avanzavano, scoprirono che gli alieni non erano solo forti e veloci, ma anche molto intelligenti. Hanno usato tattiche di battaglia che avrebbero sorpreso i soldati umani e mostrato abilità tecnologiche superiori.

Tuttavia, il gruppo delle forze speciali non si è arreso. Rimasero uniti, combatterono coraggiosamente e abilmente e riuscirono a liberare una parte della città. Fu così che in quel momento il generale Liker ricevette una chiamata di soccorso dal capo delle forze speciali giapponesi. La informa che anche la città di Tokyo è sotto attacco da creature maledette e hanno bisogno di aiuto immediato.

Il generale Liker sapeva di non poter abbandonare gli alleati giapponesi nella loro lotta. Così radunò la sua squadra e il comandante del Russian Cobra, e insieme si imbarcarono su un aereo da trasporto militare diretto a Tokyo. Durante il volo, discussero della situazione e decisero di formare un'alleanza per affrontare le creature maledette.

Quando sbarcarono a Tokyo, trovarono la città in rovina. Gli edifici erano in rovina, le strade erano disseminate di macerie e i cittadini fuggivano in tutte le direzioni. Le creature maledette stavano seminando il caos ovunque.

La squadra delle forze speciali ha lanciato il suo attacco, marciando per le strade di Tokyo e combattendo contro le creature maledette. Anche il Russian Cobra Commando entrò nella mischia e insieme formarono una potente forza che avanzava costantemente.

Poi la squadra delle forze speciali ha scoperto qualcosa di strano. Le creature maledette sembravano essere collegate a una sorta di tecnologia, condividendo informazioni e abilità. Era come se lavorassero come una squadra, coordinando i loro attacchi su scala globale.

Il generale Liker e il capo Cobra si resero conto che dovevano trovare un modo per spezzare il legame tra le creature maledette per avere qualche possibilità di sconfiggerle. Insieme hanno sviluppato un dispositivo che ha violato la tecnologia aliena e l'ha impiantato nelle unità militari di tutto il mondo.

Un'alleanza di forze speciali russe, americane e giapponesi ha lavorato instancabilmente per sconfiggere le creature maledette. Alla fine, sono stati in grado di tagliare la connessione tra gli alieni e gli esseri maledetti hanno perso forza e coordinazione . Le forze speciali hanno quindi lanciato un ultimo assalto e sono riuscite a scacciare dalla terra le creature maledette.

Capitolo 3: La verità sull'invasione

Mentre le forze speciali russe, americane e giapponesi liberavano la città dai resti dell'invasione aliena, il generale Liker iniziò a fare domande. Voleva sapere chi erano queste creature maledette e perché avevano invaso la terra?

Dopo diverse settimane di indagini, il generale Liker ha appreso la verità sull'invasione. Le creature maledette erano una razza aliena che aveva perseguitato l'umanità per decenni. Hanno visto l'umanità avanzare tecnologicamente e hanno deciso di conquistare la terra e rivendicarla come propria.

Il generale Liker ha riunito i capi delle forze speciali russe, americane e giapponesi e ha spiegato loro la situazione. Tutti sono rimasti scioccati da questa notizia, rendendosi conto che l'umanità è costantemente in pericolo di essere attaccata da alieni avanzati e malvagi.

Pertanto, il generale Liker ei leader delle forze speciali hanno creato un Consiglio di difesa globale dedicato a proteggere la Terra da future minacce aliene. Il consiglio ha lavorato in segreto, raccogliendo informazioni e sviluppando nuove tecnologie per proteggere l'umanità da potenziali invasori.

Capitolo 4: Il ritorno delle creature maledette

Mesi dopo...

Nonostante gli sforzi del Global Defense Council, le creature maledette sono tornate sulla Terra. Hanno imparato dai loro errori nella prima invasione e hanno sviluppato nuove tattiche e tecnologie per vincere questa volta.

Il generale Liker ei capi delle forze speciali hanno risposto rapidamente alla minaccia e hanno riunito forze da tutto il mondo per combattere contro le creature maledette. Questa volta la battaglia fu ancora più feroce di prima e gli esseri maledetti mostrarono abilità superiori e tattiche avanzate.

Tuttavia, le squadre SWAT hanno imparato dalla loro prima vittoria contro le creature maledette e questa volta erano meglio preparate. Utilizzando nuove tecnologie e tattiche per combattere gli alieni, sono riusciti a rompere nuovamente il loro legame tecnologico.

Dopo diverse settimane di feroci combattimenti, le forze speciali sono finalmente riuscite a sconfiggere le creature maledette e salvare ancora una volta la terra. Ma questa volta sapevano di non perdere la guardia. Devono continuare a lavorare insieme per proteggere l'umanità dalle future minacce aliene.

Il generale Liker ei leader delle forze speciali hanno continuato a lavorare insieme in un Consiglio di difesa globale dedicato a proteggere la Terra da minacce future. L'umanità è sopravvissuta a due invasioni aliene, ma sapeva di dover essere vigile e pronta a qualsiasi potenziale minaccia.

Capitolo 5: La battaglia finale

Sono passati diversi anni dall'ultima invasione aliena. L'umanità continua a lavorare duramente presso il Global Defense Council per sviluppare nuove tecnologie e strategie per proteggersi da qualsiasi potenziale minaccia. Un giorno, le forze speciali videro un folto gruppo di veicoli spaziali avvicinarsi alla Terra. Sanno che è un'invasione aliena, ma questa volta è diverso. La flotta era molto più grande delle precedenti e l'unità delle forze speciali sapeva che sarebbe stata la battaglia più importante della loro vita.

Il generale Likker e il capo delle forze speciali russe hanno riunito forze da tutto il mondo per combattere gli alieni. Questa volta combattono non solo per il pianeta, ma per tutta l'umanità. Sanno che se perdono questa battaglia, l'umanità è condannata.

La battaglia è stata feroce e le forze speciali hanno combattuto ferocemente con gli alieni. Gli alieni hanno sviluppato nuove tecnologie e tattiche avanzate, e la battaglia sembra persa. Tuttavia, le forze speciali non si sono arrese. Hanno combattuto con tutte le loro forze sapendo che stavano combattendo per l'umanità. Alla fine, dopo molti giorni di feroci combattimenti, le Forze Speciali riuscirono a rompere il legame tecnologico tra gli alieni e iniziarono a sconfiggerli uno per uno. Gli alieni si resero conto di aver sottovalutato la determinazione dell'umanità ed evacuarono la Terra. E ancora di più, l'esercito ha portato una nuova arma che rendeva vulnerabili gli alieni, era una canzone a tutto volume, chiamata: chi pompo chi pompò, chi pompò, le biglie chi pompò".

L'umanità ha superato la sua più grande sfida e il generale Leek e i capi delle forze speciali si rendono conto di aver compiuto un'impresa incredibile. Hanno unito il mondo in una lotta comune e hanno dimostrato che l'umanità è più forte quando lavoriamo insieme. Dopo la battaglia, il generale Likerr ei leader delle forze speciali formarono un nuovo Consiglio di difesa globale incaricato di proteggere l'umanità da ogni potenziale minaccia. Sanno che ci sarà sempre pericolo nell'universo, ma sanno anche che finché gli umani continueranno a cooperare, possono affrontare qualsiasi cosa. E così l'umanità va avanti, sapendo di essere più connessa e più forte che mai.

il guerriero lkurus
Su un pianeta lontano viveva Lkurus,
Un guerriero senza paura e coraggioso. Teneva forte la spada per proteggere la famiglia,
Un demone caduto dal cielo, da un'altra dimensione.
Stanno cercando di compiere la loro missione. Lkurus sapeva che il suo popolo era in pericolo,
La battaglia inizia. I suoi occhi brillarono di grande rabbia,
La sua spada risplende di pura potenza. Il nemico si avvicinò, ma non ebbe paura,
Con la sua abilità e forza ce l'ha fatta. I demoni ululano quando sono feriti,
Ma la fame non li ha fermati. Lkurus ha combattuto duramente,
Proteggi la tua famiglia e il tuo pianeta. La lotta fu dura, ma lui non vacillò,
Fino a quando i mostri non vengono distrutti uno per uno. Il cielo si schiarisce, la minaccia finisce,
Lkurus si sentiva trionfante, ma anche triste. I combattimenti furono feroci e le perdite enormi.
Sebbene la sua famiglia fosse illesa, il dolore lo sopraffece.
Lcurus sapeva che avrebbe dovuto andare avanti,
Perché le nuove minacce potrebbero continuare.

Nonostante la vittoria, Lkurus sapeva che non era ancora finita,
Poiché possono provenire da altre stanze,
Le tue abilità devono essere migliorate,
Se vuoi che la tua gente sia protetta.
Poi andò in cima alla collina,
Là lo aspettava un vecchio saggio,

Con la conoscenza della galassia,
E il potere che la saggezza gli ha dato. Lkurus ascoltò attentamente,
Il coraggio cresce in lui,
E così è iniziata la sua formazione.
in grado di affrontare qualsiasi difficoltà.
Passarono gli anni e Lkurus tornò a casa,
Ma non tutto è pace e tranquillità.
Nuove minacce iniziano a cadere
Un esercito di demoni viene a distruggere. Lkurus e la sua famiglia fuggirono al santuario,
Dove la saggezza e la forza lasciano il segno,
Con la sua spada, il suo scudo e le sue abilità,
Di nuovo nella lotta ha dovuto combattere.
I nemici sono più forti e meglio armati,
Lkurus ha affrontato un nemico crudele,
Ha combattuto instancabilmente con tutte le sue forze,
Fino a quando l'esercito cadde e scomparve nel sole al tramonto.
Vittoria ancora...
Anche se il dolore e la perdita sono sempre presenti,
Lkurus ha mostrato il suo coraggio e il suo coraggio,
La sua gente lo ringrazia per il suo coraggio.
Dopo la battaglia di Lkurus passò del tempo,
Ha riflettuto su tutto quello che è successo,
Pensando ai suoi amici e alla sua famiglia perduti,
E sente ancora questa tristezza nel profondo.
Ma sapeva che non poteva fermarsi lì,
Perché c'è sempre il pericolo
La sua gente ha bisogno di guerrieri come lui,

Chi può proteggerlo con forza e pelle. Così ha deciso di fare il
passo successivo,
Aiuterà altri pianeti in pericolo,
Difendili con il tuo ingegno e le tue abilità,
Per recitare la sua parte nell'universo.
lasciare la casa e la famiglia.

Andò nello spazio su un'astronave,
Preparandosi per la prossima battaglia in stile goku contro
namekusein,
E preparati ad affrontare tutte le difficoltà che ti si presentano.
Così Lkurus divenne un guerriero leggendario,
Viaggia nell'universo e combatti contro il male,
Eroe inciso nella roccia per sempre negli annali della storia,
Come esempio di eccezionale coraggio e coraggio.

I guerrieri

1400 d.C. nella grande Tenochtitlan

I guerrieri aztechi erano molto coraggiosi,

Tra loro Dolinio, guerriero che temeva per la sua potenza,

È il migliore nelle arti di battaglia.

Ma un giorno il cielo si oscurò,

Strane creature caddero dall'alto,

gli alieni non hanno mai visto questo posto,

Caos costante e orrore. Gli Aztechi avevano perso

e l'imperatore Montezuma, cercando una soluzione,

Poi il suo fulmine è stato trovato sulla sua manica,

Il gruppo di soldati guidati da Dolinio ha una grande forza e risultati notevoli.

Un gruppo di guerrieri pronti alla battaglia,

Con le tue armi, astuzia e coraggio,

Non saranno sconfitti, difenderanno la loro patria,

Con grande onore conserveranno la vita nel loro regno. Con il cuore pieno di coraggio e il desiderio di proteggere la loro patria,

Dolinio e i suoi guerrieri aztechi,

Si stanno preparando alla battaglia con grande zelo.

Gli alieni sono potenti, sì.

Ma non conoscevano l'astuzia degli Aztechi,

Poi, con impareggiabile abilità,

Un gruppo di guerrieri si avvicinò con maestoso vigore. La lotta fu feroce, senza tregua né riposo,

Dolinio guidò l'attacco con grande entusiasmo,

Scuote la terra e l'aria con il suo martello d'onice,

Colpisci il nemico senza pietà.

La vittoria sembrava vicina, ma non ne erano sicuri

Perché sapevano che gli alieni non si sarebbero arresi.
E con i semi sciiti, è così che i guerrieri aztechi hanno
riacquistato le loro forze.
Erano pronti per la prossima battaglia molto ferocemente.
Dolino e i suoi guerrieri,
Affronteranno maggiori difficoltà,
Ma il suo coraggio e la sua forza non vacillano,
Combatti per il tuo regno con coraggio e onestà.

Dolinio e i suoi guerrieri, stanchi ma vittoriosi,
Tornarono a Tenochtitlan, lodati per le loro grandi imprese,
Ma sanno che la lotta non è finita
Altri pericoli si nascondono nelle giungle del Messico.
Moctezuma, il sovrano saggio e astuto,
Ha chiamato i potenti prima di lui,
E raccontava loro storie degli antichi dèi,
e la sua possibile connessione extraterrestre. Guerrieri che
bramano l'avventura e la conoscenza,
Decisero di cercare nella giungla,
Alla ricerca di indizi sulla connessione tra dei e alieni,
Questo ci consente di comprendere e combattere le minacce
sconosciute.
Guidati dalla loro astuzia e grande abilità,
Dolinio e i suoi guerrieri entrarono nella giungla,
Dopo aver camminato per ore,
Arrivarono in un antico tempio pieno di misteri e meraviglie.
Nel tempio trovarono antiche scritture e reliquie,
che parlava degli antichi dèi e del loro potere,
Possono venire anche strane creature,

Coloro che sfidano gli dei con la loro arroganza e crudeltà.
I guerrieri prestano attenzione a segni e messaggi,
Decisero di prepararsi per la battaglia finale,
Quindi si allenano sempre più duramente,
Ma proprio mentre si stavano allenando, è arrivata una notizia inquietante,
Anche le creature più strane entrano nella giungla,
La battaglia finale sta arrivando
Con Dolinio ei suoi guerrieri come ultima linea di difesa.

Il giorno della battaglia è arrivato.
Dolinio e i suoi guerrieri sono pronti,
Alzi la mano e il coraggio
Difendi il tuo regno e il tuo popolo.
Strane creature sono arrivate a Tenochtitlan,
Con le loro armi e la tecnologia avanzata,
pronto a conquistare la città
E prendono quello che vogliono. La battaglia fu feroce e sanguinosa,
I guerrieri caddero su entrambi i lati,
Ma Dolinio e il suo esercito di guerrieri aztechi,
Non si sono arresi un secondo.
Con le sue abilità nel combattimento corpo a corpo,
e le loro vecchie tattiche di guerra,
cercare di indebolire e confondere il nemico,
Dai ai tuoi alleati il tempo di attaccare. conchiglie e tamburi,
Con le grida dei soldati,
L'aria è piena del rumore della guerra,
Faceva tremare il terreno sotto i piedi.

Infine, utilizzando attacchi coordinati,
Dolinio e i suoi guerrieri aztechi,
sconfitto con successo gli invasori stranieri,
E riporta la pace a Tenochtitlán. Moctezuma ringrazia i valorosi guerrieri,
e dà loro il più grande onore,
Per il tuo coraggio, abilità e sacrificio,
Hanno salvato il loro regno dalla distruzione.
Dolinio e i suoi guerrieri aztechi,
Sono diventati leggende e modelli di comportamento.
Per la prossima generazione di messicani
Rispettano la loro storia e le loro tradizioni fino alla fine. Così la storia del guerriero azteco,
scolpito nella memoria collettiva,
Come simbolo di coraggio e sfida,
Affronta minacce sconosciute.

Fino alla fine
Nei tempi antichi in una città lontana,
Arkilo e la sua gente vivono in pace e senza preoccupazioni. Ma un giorno arrivarono gli invasori,
Sete di sangue e grandi tesori. Arkilo convocò i suoi valorosi guerrieri,
Difendi la tua casa e i tuoi cari. Con le loro spade affilate e i loro cuori ardenti,
Sono pronti per le battaglie più dure e feroci. Gli attaccanti avanzano senza pietà o paura,
Ma i guerrieri di Arkilo non hanno ceduto al dolore. Hanno combattuto con coraggio e non si sono mai tirati indietro,
Perché quando vincono, pretendono la vittoria a prescindere dalle conseguenze. Guerra giorno e notte, senza fine,
Ma alla fine i guerrieri non si sono arresi. Arkilo ha guidato ogni combattimento e ostacolo...
Una fede ferma che ha protetto la sua vita. La città si trasformò in un mare di fiamme, la terra divenne rossa,
Ma i guerrieri di Arkilo non erano soli. Hanno combattuto con la loro ultima forza fino alla fine,
Gli invasori si ritirarono senza recuperare le loro ricchezze. La vittoria è arrivata, ma a caro prezzo,
Arkilo ei suoi guerrieri pagarono l'attacco con molte vite. Ma il loro spirito e il loro coraggio rimangono fino ad oggi nelle tombe sotto la sabbia,
Mostrano che l'alleanza ha la forza per vincere la guerra. Oggi la storia di questi guerrieri continua,
In ogni anima che si rifiuta di cedere alla disperazione. La città è in rovina, ma la memoria sopravvive,
L'eredità dei guerrieri sarà sempre un'avventura.

54

Grazie

2023